Los primeros viajes escolares

La granja

por Rebecca Pettiford

Bullfrog Books

Ideas para padres y maestros

Bullfrog Books permite a los niños practicar la lectura de texto informacional desde el nivel principiante. Repeticiones, palabras conocidas y descripciones en las imágenes ayudan a los lectores principiantes.

Antes de leer
- Hablen acerca de las fotografías. ¿Qué representan para ellos?
- Consulten juntos el glosario de fotografías. Lean las palabras y hablen de ellas.

Lean en libro
- "Caminen" a través del libro y observen las fotografías. Deje que el niño haga preguntas. Señale las descripciones en las imágenes.
- Lea el libro al niño, o deje que él o ella lo lea independientemente.

Después de leer
- Inspire a que el niño piense más. Pregunte: ¿Alguna vez has ido a una granja? ¿Había cultivos, ganado, o ambos?

Bullfrog Books are published by Jump!
5357 Penn Avenue South
Minneapolis, MN 55419
www.jumplibrary.com

Copyright © 2016 Jump! International copyright reserved in all countries. No part of this book may be reproduced in any form without written permission from the publisher.

Library of Congress Cataloging-in-Publication Data

Names: Pettiford, Rebecca, author.
Title: La granja / por Rebecca Pettiford.
Other titles: Farm. Spanish
Description: Minneapolis, MN: Jump!, Inc. [2016]
Series: Los primeros viajes escolares | Audience: Ages 5–8. | Audience: K to grade 3. | Includes index.
Identifiers: LCCN 2015040413 (print)
LCCN 2015041878 (ebook)
ISBN 9781620313305 (hardcover: alk. paper)
ISBN 9781620316252 (paperback)
ISBN 9781624963902 (ebook)
Subjects: LCSH: Farms—Juvenile literature.
Domestic animals—Juvenile literature.
School field trips—Juvenile literature.
Classification: LCC S519.P44718 2016 (print)
LCC S519 (ebook) | DDC 630—dc23
LC record available at http://lccn.loc.gov/2015040413

Editor: Jenny Fretland VanVoorst
Series Designer: Ellen Huber
Book Designer: Lindaanne Donohoe
Photo Researcher: Lindaanne Donohoe
Translator: RAM Translations

Photo Credits: All photos by Shutterstock except: iStock, 14, 18–19, 20–21, 22tl; Thinkstock, 5, 6–7, 8–9; Thomas Barrat/Shutterstock.com, 23tl; Unfetteredmind/Dreamstime.com, 22br.

Printed in the United States of America at Corporate Graphics in North Mankato, Minnesota.

Tabla de contenido

Un día en la granja	4
Diversión en la granja	22
Glosario con fotografías	23
Índice	24
Para aprender más	24

Un día en la granja

Nuestra clase está en un paseo escolar.

Estamos en una granja.

**Acariciamos animales.
Max sostiene una cabra.
Nan alimenta a
un caballo.**

Pat el granjero ordeña a una vaca.

¿Qué hará con la crema?

¡Va a hacer mantequilla!

¡Qué rico!

José el granjero esquila una oveja.

Así se quita la lana.

La oveja está bien.

lana

La gente usa la lana para elaborar ropa.

El tractor de José hace heno.

Los animales de la granja lo comen.

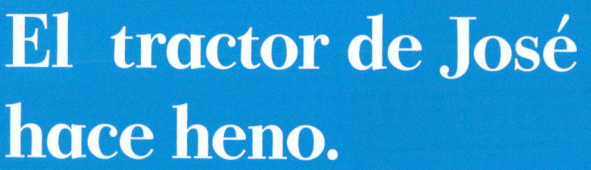

Vamos al gallinero.
Recolectamos huevos.

¿Saldrán del cascarón?

No. Los cocinaremos.

Pat y José venden productos en su puesto.

Ellos venden frutas y vegetales.

Ellos venden huevos.

Escogemos una calabaza.
¡Ali escogió una grande!

Nuestro día termina con un paseo en un carro de heno.

¡La granja fue divertida!

Diversión en la granja

recolectar los huevos

acariciar animales

escoger una calabaza

ir en paseo en un carro de heno

Glosario con fotografías

eclosion
Salir del cascaron.

lana
El abrigo de una oveja.

esquilar
Cortar la lana de una oveja.

paseo escolar
Pequeño viaje que los estudiantes toman para aprender algo.

Índice

acariciar 7	huevos 14, 17
alimentar 7	lana 10, 11
animales 7, 12	ordeñar 8
calabaza 18	ropas 11
frutas 17	tractor 12
heno 12	vegetales 17

Para aprender más

Aprender más es tan fácil como 1, 2, 3.

1) Visite www.factsurfer.com
2) Escriba "lagranja" en la caja de búsqueda.
3) Haga clic en el botón "Surf" para obtener una lista de sitios web.

Con factsurfer.com, más información está a solo un clic de distancia.